U0476064

# 三新诗词

英华继宏 著

中国书籍出版社
China Book Press

图书在版编目（CIP）数据

三新诗词 / 英华继宏著. -- 北京：中国书籍出版社, 2023.12

ISBN 978-7-5068-9775-4

Ⅰ.①三… Ⅱ.①英… Ⅲ.①诗词—作品集—中国—当代 Ⅳ.①I227

中国国家版本馆CIP数据核字(2024)第017186号

## 三新诗词

英华继宏　著

| 特约编辑 | 张　波 |
|---|---|
| 责任编辑 | 吴化强 |
| 责任印制 | 孙马飞　马　芝 |
| 封面设计 | 东方美迪 |
| 出版发行 | 中国书籍出版社 |
| 地　　址 | 北京市丰台区三路居路97号（邮编：100073） |
| 电　　话 | （010）52257143（总编室）　（010）52257140（发行部） |
| 电子邮箱 | eo@chinabp.com.cn |
| 经　　销 | 全国新华书店 |
| 印　　刷 | 三河市富华印刷包装有限公司 |
| 开　　本 | 880毫米×1230毫米　1/32 |
| 字　　数 | 170千字 |
| 印　　张 | 7.75 |
| 版　　次 | 2024年3月第1版　2024年3月第1次印刷 |
| 书　　号 | ISBN 978-7-5068-9775-4 |
| 定　　价 | 50.00元 |

版权所有　翻印必究

作者（左）与著名国学大师文怀沙先生合影（2009年7月28日）

著名国学大师文怀沙先生为2012年6月出版的《余香诗词三百首》题写书名

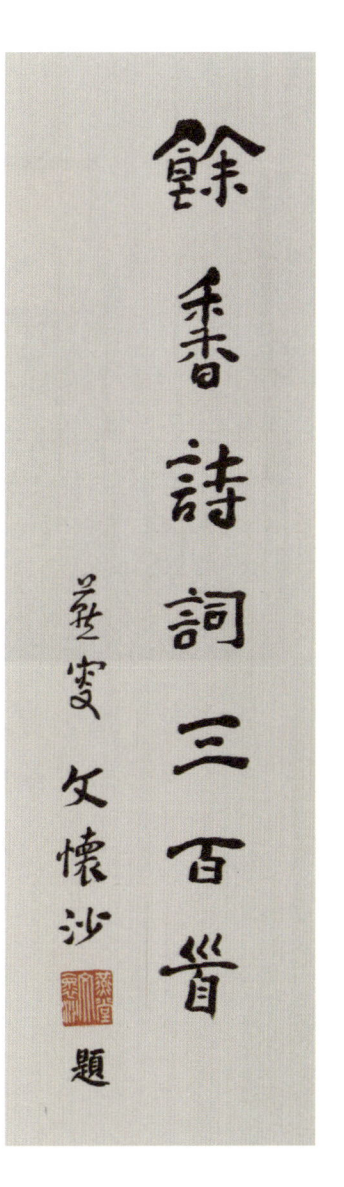

餘香詩詞三百首

燕堂 文懷沙 題

作者（左）与文化大家高占祥前常务副部长合影（2019年5月）

黃步高先生雅正

文筆生花
再接再勵

陳年昌敬賀
二〇〇五年五月二十日
于美國紐約
時年九十有八

賀三新詩詞出版

狂童出新

李振興敬賀題

# 内容介绍

  《三新诗词》是作者在原著《余香诗词三百首》一书基础上，进行留删更添编成。诗集共有三个篇章：五绝，百卉列新；七绝，百态聚新；词，百景采新。这就是"三新"书名的体现。诗集作品采用新韵。整体来看，作者有一定的文学修养及综合的艺术认知。他能把自己喜爱的绘画、书法的技巧，应用在每首诗词创作里，使它们充满了新鲜感。像是从不同视野和角度，勾勒出一幅幅富有时代感、富有活力的优美图画。诗词的本身，是作者对自己情感的流露和表白，应该对读者产生有益启迪。

# 序

《余香诗词三百首》的作者，是诗坛上的一位新人。集子里的诗、词，反映了诗人具有丰富的生活和较为深厚的功底。作者的一首首诗、词，构思奇巧，立意新颖。作品有气魄，有飘幻，有奔放，有细腻，有明朗，有沉思。像是一幅幅从不同景象、不同角度，用不同色彩绘出的轴画，耐人寻味。

比如七言绝句《衡山祝融峰》：

云下山来树上天，鸟啼卉动送清泉。

远离开拓没失态，留给明晨看自然。

这首咏风景的诗，虽然朴实，倒显其美。首句："云下山来树上天"出语不凡。历代写风景的诗句，没见有人这样描写自然风光，有突破性。诗人抓住了云在瞬间的位置变化，用了一个"下"字和一个"上"字，来表现眼前的奇景，以变幻的云把山上的树托"上"了天，美哉壮哉。接着便把视觉投入了近景："鸟啼卉动送清泉"，把人带入了清心赏目的仙境。作者并没有见好就收，而是提出了当今人们普遍关心的"自然生态"问题，提醒人们不要破坏大自然的生态，要"留给明晨看自然"。这明晨有多么远？是一天、两天？是一年、一万年？一百万年……让读者去想吧。

其它七言绝句、五言绝句和词，同样贯穿着奇、巧、飘、幻的风格，就不再一一例举了。

从这本集子里，还能看出这位诗人一生的艰辛。他那伤残的身体、坎坷的生活，都没有把他难倒，更没有把他拖垮。信念和诗魂给予他一种战胜困难的勇气和力量。他顽强地追求未来，他坚信"生命最美的历程是创造诗的劳动"。于是，他一步一步结实地走向他追求的目标。

他还告诉笔者，他是家族中的第三代工人。新中国成立后，他才有福气走进学校读书，才不像父辈那样是文盲，对毛主席和老一辈革命家们怀有深厚的感情。他还感谢有许多人帮助过自己，还没有回报，很内疚。就只有用刻苦学习、努力工作、勤奋写诗的行动，来回报社会吧！

通过这本诗词集，看到了诗人的恒心、爱心和良心。

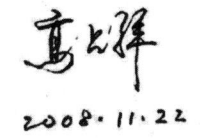

高上骧
2008.11.22

# 《三新诗词》序言

北京诗人董如宏先生说:"出版诗词著作的责任编辑相当重要,必须懂得诗词才行,这样图书质量才有保证。"为此,他来中国书籍出版社之前,对我本人进行了详细了解,认定为诗词专业编辑,诗稿交给我出版感到踏实。同时,作者一再恳请我给他诗集《三新诗词》写序,说这是选择来此出版的主要目的。难得董老先生如此信任,我只好不揣浅陋,在电话中答应了。

《三新诗词》是作者在原著《余香诗词三百首》一书基础上,进行留删更添编成。诗集共有三个篇章:五绝,百卉列新;七绝,百态聚新;词,百景采新。这就是"三新"

书名的体现。高占祥先生曾作序文评论说："集子中的诗词，反映了作者具有丰富的生活和较为深厚的功底。作者的一首首诗、词，构思奇巧，立意新颖。作品有气魄，有飘幻，有奔放，有细腻，有明朗，有沉思。像是一幅幅从不同景象、不同角度，用不同色彩绘出的轴画，耐人寻味。"我读后深有同感，并对其作品具有新的审美认识，并以如下三首为例试作赏析。

五绝《报春花》："蕊小红颜帅，芳群首起开。簇拥春灿烂，无愧一生来。"短短二十字，将报春花的形态特征以及赋予其拟人化的思想境界高度概括出来，体现了诗人观察事物的精确洞察力，驾驭诗词文学语言的专业熟练度。当然，诗人赋予报春花的思想情怀，实际上是借报春花说出了诗人自己无愧人生的坦荡品性。报春花为多年生草本植物，每年一二月是报春花的盛开期，花开时节色彩艳丽，具有很高的观赏性，象征新春的开始和希望的到来。诗中起承转合，自然贴切。一二两句已把报春花的特点说得十分到位。转为第三句，花团锦簇，烘托出春天的灿烂美景。第四句"无愧一生来"尤其精彩！铿锵有力，结响悠长。诗人通过描写报春花的自然绽放，使自己在人生中积聚的胸中块垒畅然释怀。南朝·宋·刘义庆《世说新语·任诞》说："阮籍胸中块垒，故须酒浇之。"这里，诗人胸中块垒，故借花吐之。报春花微小，隐喻人生微不足道。但她绽放在群芳之首的早春，因而有了无愧于一生的到来，既表现了微小的报春花相拥春天生机勃勃的美好景象，也倾泻出诗人慷慨激昂的精神品质和奋斗历程。诗作首尾呼应，结构自然，语言精炼，意境宏大，富含人生哲理，可谓当代五绝的典范。

七绝《香山石子小道》："路边糠椴做

熏笼，红伞姗姗立不行。只欠清流从树过，余香捎去散京城。"糠椴树高有二十米，春季开花香味浓郁，秋季结果为椭圆形，生长在北方居多。诗人由树花香味联想到熏笼，实乃想象奇特，感受逼真。熏笼，是与熏炉配套使用的笼子，在我国使用熏笼的习俗由来已久，自两汉以来一直延续不断。它是放在炭盆上的竹罩笼，作为烘烤和取暖的用具。唐代白居易《宫词》诗中写道："红颜未老恩先断，斜倚熏笼坐到明。"上述七绝中的前两句，想象奇妙而觉真实可感，造景自然而出幽香可闻，风格迥异而能新颖独特。诗人在电话中说，古来没有写糠椴树的花香如同熏笼的香味，我感到的确如此。第二句说，这时一个女子将红伞扛在肩上，手攥着伞把，站立路上不走，久久地闻着糠椴树的花香。第三句转得恰到好处，连同第四句更加显示出诗人不同凡俗的思想境界。由于一二两句的香味，在深山园林中不易向远方飘散，这时就需要考虑如何将之带出。所以诗人想到了清清的流水，从而引出第四句"余香捎去散京城"。就让生活在整个京城的人们，都可享受这种沁人心脾的自然树香韵味吧。

唐代大诗人刘禹锡作品《赏牡丹》："庭前芍药妖无格，池上芙蕖净少情。唯有牡丹真国色，花开时节动京城。"刘禹锡以芍药和芙蕖对比，芍药没有格调，荷花没有热情，只有牡丹是真正的国色，花开之时，全城之人都出来观赏，可见牡丹花的魅力。末句"花开时节动京城"，与上面尾句"余香捎去散京城"，表现手法当有异曲同工之妙！一个是"动京城"，一个是"散京城"，所写之物都与京城相关。但是，牡丹花的硕大美艳，很容易出现在人们的视线中，而糠椴树花之香气，却盘旋在山深林密中无人知晓。也不知过去了多少万年，如今董如宏先生情意深长，挥洒妙笔，将糠椴树的花香由深山引流而来，散发都城，这种浪漫主义与现实主义相结合的表现手法，无疑具有"造化钟神秀"的艺术魅力。只有神奇的想象，才能产生美妙的作品。《庄子·知北游》说："是其所美者为神奇"也。

幽香同鼻息，聪睿入神思。刘勰《文心雕龙·神思》有云："神思之谓也。文之思也，其神远矣。故寂然凝虑，思接千载；情焉动容，视通万里。"这句话，恰好印证了作者《香山石子小道》的"神思远矣"。读者欣赏之时，如同跟随作品的音韵脚步流连于香山幽境处，面对一位"寂然凝虑"的诗人，正在石子小道上任由思绪翱翔，进行着超越时空的想象淬炼，而作"思接千载，视通万里"的精神往来。故于"吟咏之间，吐纳珠玉之声；眉睫之前，卷舒风云之色。"

词作《古香慢·太行山》："朗云爽散，

欣目山延，南纵牵远。脉蟒峰鳞，卧伏首源不见。多少载休闲？老天累、嘘烟吐叹。尔童颜、逗绿逗褐，耍浓又戏时淡。 踏岳脊、山呼神显：瞧始无该，分冀横嵌。放闽东峡，垫抹海台湾串。两岸何非难？盼明日、思肠兑现。举天池，盛琼液、喜风成典。"这是描写太行山的长调，共计94字，词牌格律符合规范。使用"古香漫"词牌描写景物是宋代诗人吴文英的创造。今天来读太行山的词作，不但想象新奇，魄力宏伟，还描写出丰富多彩的性灵自由世界。所谓"性灵"，泛指人的精神、思想、智慧、情感、性格等。它是中国古代诗论的一种观点。

上阕起笔，首先放眼望去，看到了太行山上舒朗的云霞在爽快聚散，大山向南延伸牵连远方。接着诗人突发奇想，说出"脉蟒峰鳞，卧伏首源不见。"把山脉看作巨蟒，山峰比作鳞甲，生动形象，饱含性灵，将一座沉睡亿万年的太行山写得游动鲜活起来。可是大山卧伏的源头却不易见到，展现出若隐若现、蜿蜒多姿的山势旷远奇景。再看下来，董先生笔法中具有良多玩味，问太行山不知休闲了多少载？而使苍天劳累，嘘气吐暖，让人似乎感觉到苍山面带水蒸气一样的湿润。"逗绿逗褐"，此时太行山的容颜和神态仿佛少年儿童的天真烂漫，也说明了山峦颜色的丰富层次，在"要浓戏淡"的绘画色彩中，已将读者如我"逗"得乐不可支了。原来董如宏先生从青少年时代开始有过习画的经历，特别对油画进行过许多临摹和创作。实践出真知，心中感悟多。如今他把绘画的构图、色彩和意象融入诗词作品中，味道就非同寻常了。苏轼曾评价王维作品说："味摩诘之诗，诗中有画；观摩诘之画，画中有诗。"

　　如此采用千古名山与少年儿童一起逗乐的表现手法，古今诗词作品中实属罕见。赏

《三新诗词》序言

读上下阕，作品既端正尔雅，又幽默活泼；既严肃认真，又风趣诙谐，在庄重与和谐中同时体现出风趣和幽默的精神特质，饱含着亦庄亦谐、亦收亦放的艺术特点。显而易见，诗人热爱祖国大好河山的壮美图景和伟大的爱国主义精神跃然纸上，仿佛笔走龙蛇之际，真切感受到作者"位卑未敢忘忧国"的执念深情。词的下阕中，也充满新奇鲜活的想象。用典引出《愚公移山》中的大力神夸娥氏，背去太行山，垫平台海峡，堪为"思肠兑现"继而"喜风成典"，真乃诗人神奇想象力的杰作，又是诗人陶冶性灵的佳构。

从《三新诗词》一书整体来看，作者有一定的文学修养及综合的艺术认知。他能把自己喜爱的绘画、书法的技巧，应用在每首诗词创作里，使它们充满了新鲜感。像是从不同视野和角度，勾勒出一幅幅富有时代感、富有活力的优美图画。诗词的本身，是作者对自己情感的流露和表白，应该对读者产生有益启迪。清代著名文学家袁枚倡导"性灵说"，认为"自三百篇至今日，凡诗之传者，都是性灵，不关堆垛"，主张直抒胸臆，写出个人的"性情遭际"，以"真、新、活"为创作追求。文学应有时代特色，反对泥古不化。这些创作主张和要求，在英华继宏先生的诗词中多有体现。

在选题策划和编辑出版这本诗集的前后工作中，多次得到作者董先生的赞赏和鼓励。感此真挚友谊，相互信赖，并衷心表达对他及其著作出版的景仰之情，且作七绝一首：

春山含笑倍精神，百卉诗家善列新。
松润苍茫琴海阔，声传九宇跨麒麟。

是为序。

吴化强于北京丰台
2024 年 3 月 10 日

# 目录

**内容介绍**……………………………………… 1
**序**……………………………………高占祥 1
**《三新诗词》序言**………………吴化强 1

**五绝　百卉列新**……………………………… 1
　　白梅 …………………………………… 2
　　白桦树 ………………………………… 2
　　百合 …………………………………… 3
　　报春花 ………………………………… 3
　　碧桃 …………………………………… 4
　　茶花 …………………………………… 4
　　菖蒲 …………………………………… 5
　　垂盆草 ………………………………… 5

· 1 ·

| | |
|---|---|
| 大丽花 | 6 |
| 倒挂金钟 | 6 |
| 稻禾 | 7 |
| 丁香 | 7 |
| 杜鹃花 | 8 |
| 二月兰 | 8 |
| 丰花月季 | 9 |
| 凤尾花 | 9 |
| 浮萍 | 10 |
| 狗尾花 | 10 |
| 枸杞 | 11 |
| 瓜叶菊 | 12 |
| 桂花 | 12 |
| 桧柏 | 13 |
| 国槐花 | 13 |
| 海白菜 | 14 |
| 海棠花 | 14 |
| 含羞草 | 17 |

| | |
|---|---|
| 合欢 | 17 |
| 荷 | 18 |
| 红柳 | 18 |
| 黄刺梅 | 19 |
| 黄栌 | 19 |
| 黄杨球 | 20 |
| 鸡冠花 | 20 |
| 棘藜 | 21 |
| 金银木 | 21 |
| 君子兰 | 22 |
| 苦麻草 | 22 |
| 拉拉秧 | 23 |
| 辣椒 | 23 |
| 兰花 | 24 |
| 老来少 | 24 |
| 立柳 | 25 |
| 龙柏 | 25 |
| 龙爪槐 | 26 |

| | |
|---|---|
| 芦花 | 26 |
| 萝卜 | 27 |
| 玫瑰 | 27 |
| 美人蕉 | 28 |
| 蘑菇 | 28 |
| 牡丹 | 29 |
| 爬山虎 | 29 |
| 苹果叶 | 30 |
| 蒲公英 | 30 |
| 千头菊 | 31 |
| 牵牛花 | 31 |
| 青苔 | 32 |
| 秋菊 | 32 |
| 扫帚草 | 33 |
| 芍药 | 33 |
| 石榴 | 34 |
| 柿 | 34 |
| 蜀葵 | 35 |

| | |
|---|---|
| 水仙 | 35 |
| 丝兰 | 36 |
| 松 | 36 |
| 太平花 | 37 |
| 昙花 | 37 |
| 桃花 | 38 |
| 藤 | 38 |
| 天冬草 | 39 |
| 晚香玉 | 39 |
| 温竹 | 40 |
| 蜈蚣草 | 40 |
| 五色梅 | 41 |
| 仙客来 | 41 |
| 仙人球 | 42 |
| 向日葵 | 42 |
| 小麦 | 43 |
| 杏花 | 43 |
| 绣球 | 44 |

| | |
|---|---|
| 雪莲 | 44 |
| 野牛草 | 45 |
| 一串红 | 45 |
| 樱花 | 46 |
| 樱桃花 | 46 |
| 迎春花 | 47 |
| 榆叶梅 | 47 |
| 虞美人 | 48 |
| 玉兰 | 48 |
| 玉米核 | 49 |
| 郁金香 | 49 |
| 月季 | 50 |
| 枣 | 50 |
| 芝麻花 | 51 |
| 知母 | 51 |
| 栀子 | 52 |
| 指甲草 | 52 |
| 朱顶红 | 53 |

竹 …………………………………… 53
钻天杨 ………………………………… 54

**七绝 百态聚新**……………………………… 55

**三名入心** ………………………………… 56
黄河 ………………………………… 57
淮河 ………………………………… 57
长江 ………………………………… 58
湘江 ………………………………… 58
珠江 ………………………………… 59
雅鲁藏布江 ………………………… 59
塔里木河 …………………………… 60
松花江 ……………………………… 60
海河 ………………………………… 61
辽河 ………………………………… 62
泰山玉皇顶 ………………………… 63
华山峭壁 …………………………… 63

衡山祝融峰 …………………… 64

恒山悬空寺 …………………… 65

嵩山法王寺 …………………… 65

大兴安岭 ……………………… 66

天山 …………………………… 66

喜马拉雅山 …………………… 67

北京景山 ……………………… 67

毛公山 ………………………… 68

孔子 …………………………… 69

秦始皇 ………………………… 69

司马迁 ………………………… 70

蔡伦 …………………………… 70

范仲淹 ………………………… 71

毕昇 …………………………… 71

李时珍 ………………………… 72

曹雪芹 ………………………… 72

孙中山 ………………………… 73

毛泽东 ………………………… 73

## 游步小憩 …… 74

- 雁翅路上 …… 75
- 付家台山田 …… 75
- 百花山 …… 76
- 云蒙山遇勇士 …… 76
- 平谷北宫桃花 …… 77
- 慕田峪长城 …… 77
- 密云水库 …… 78
- 重游密云水库 …… 78
- 不老屯美女 …… 79
- 穆家峪南山 …… 80
- 去老峪沟路上 …… 80
- 太子府苗圃借宿 …… 83
- 香山静翠湖 …… 83
- 香山石子小道 …… 84
- 香山双清别墅 …… 84
- 走在西山脊上 …… 85
- 首钢凉水湖畔 …… 86

| | |
|---|---|
| 首钢月季园 | 86 |
| 七星园樱花 | 87 |
| 重过杨庄——田野消失的记忆 | 87 |
| 昆明湖 | 88 |
| 颐和园谐趣园 | 88 |
| 紫竹园碧桃 | 89 |
| 玉渊潭雪松群 | 89 |
| 龙潭湖夜色 | 90 |
| 长安街玉兰花 | 90 |
| 木樨地河边柳 | 91 |
| 北海 | 91 |
| 天安门 | 92 |
| 藏山寺思古 | 92 |
| 白洋淀 | 93 |
| 去三河路上 | 93 |
| 去涿鹿路上 | 94 |
| 狼牙山路边小憩 | 94 |
| 南街村一览 | 95 |

太湖农家小憩 …………… 95
高峡平湖 ………………… 96
云南梯田 ………………… 96
庐山 ……………………… 97
昆仑山 …………………… 97

**杂感存语** …………………… 98
思恩人 …………………… 99
钱学森 …………………… 101
屠呦呦 …………………… 101
艾跃进 …………………… 102
读《离骚》有感 ………… 102
悉尼奥运健儿归来 ……… 103
观长征组画——夺泸定桥 ……… 103
读《朱德》有感 ………… 104
读《辛亥革命史》 ……… 104
读人类经典有感 ………… 105
读《安徒生童话》 ……… 105

| | |
|---|---|
| 读《列夫·托尔斯泰小说》 | 106 |
| 看《红楼梦》有感 | 107 |
| 看《三国演义》有感 | 108 |
| 看《西游记》有感 | 108 |
| 看《水浒传》有感 | 109 |
| 望岳阳楼 | 109 |
| 望鹳雀楼 | 110 |
| 望滕王阁 | 111 |
| 望黄鹤楼 | 112 |

## 世界大事 …………………… 113

| | |
|---|---|
| 世界纪年起点 | 114 |
| 奥林匹克运动 | 115 |
| 联合国成立 | 116 |
| 中华人民共和国成立 | 117 |
| 阿波罗飞船登月 | 118 |
| 达·芬奇 | 119 |
| 牛顿 | 120 |

贝多芬 …………………… 121

　　卡尔·马克思 ………………… 122

　　毛泽东思想 …………………… 123

# 词　百景采新 ………………… 125

## 梅骨恒辉 ……………………… 126

　　暗香·春枯梅 ………………… 127

　　暗香·夏枯梅 ………………… 128

　　暗香·秋枯梅 ………………… 129

　　暗香·冬枯梅 ………………… 130

　　疏影·亮月梅 ………………… 131

　　疏影·半月梅 ………………… 132

　　疏影·隐月梅 ………………… 133

　　疏影·待月梅 ………………… 134

　　梅（三首）…………………… 135

　　梅（二首）…………………… 136

## 思母愧疚 ································ 140

 清平乐·核桃树 ······················ 141

 蝶恋花·春柳 ························ 141

 蝶恋花·露柳 ························ 142

 蝶恋花·雷柳 ························ 142

 蝶恋花·雾柳 ························ 143

 蝶恋花·雨柳 ························ 143

 蝶恋花·霜柳 ························ 144

 蝶恋花·雪柳 ························ 144

 乌夜啼·童时过年 ···················· 145

 乌夜啼·忆初学写字 ·················· 145

 乌夜啼·第一次游动物园 ·············· 146

 乌夜啼·望母照片所思 ················ 148

## 花天彩地 ································ 150

 如梦令·桃花 ························ 151

 如梦令·杨花 ························ 151

 长相思·枫叶 ························ 152

长相思·花椒 …………… 152

长相思·葡萄 …………… 153

昭君怨·光棍树 …………… 153

昭君怨·仙人枝 …………… 154

浣溪沙·枫 …………… 154

浣溪沙·山茶花 …………… 155

菩萨蛮·牡丹 …………… 155

浣溪沙·茉莉花 …………… 156

点绛唇·刺菜 …………… 156

菩萨蛮·米兰 …………… 157

菩萨蛮·荔枝 …………… 157

卜算子·妫河赏荷 …………… 158

卜算子·椿树湾 …………… 159

巫山一段云·蝴蝶花 …………… 159

采桑子·美人蕉 …………… 160

采桑子·虎刺梅 …………… 160

画堂春·梨花 …………… 161

画堂春·山里红 …………… 161

画堂春·海棠 …………… 162

忆秦娥·碧桃 …………… 162

菩萨蛮·晚香玉 …………… 163

南歌子·扛柳 …………… 163

菩萨蛮·芦苇 …………… 164

荷叶杯·蟹爪莲 …………… 164

忆汉月·西府海棠 …………… 165

浪淘沙·龟背竹 …………… 165

燕归梁·风荷月 …………… 166

燕归梁·梨花 …………… 166

鹧鸪天·雪松 …………… 167

鹧鸪天·兰 …………… 167

踏莎行·冬桃 …………… 168

渔家傲·芍药 …………… 168

唐多令·苦麻草 …………… 169

苏幕遮·六月雪 …………… 169

苏幕遮·蒲公英 …………… 170

江城子·河柳 …………… 170

念奴娇·菜花月 …………… 171

沁园春·八宝山古银杏树 …… 172

惜红衣·野杜鹃花 …………… 173

**朗天亮地** ………………… 174

如梦令·梦雪 ……………… 175

如梦令·杜鹃新啼 ………… 175

调笑令·鹦鹉 ……………… 176

调笑令·老虎 ……………… 176

调笑令·老猫 ……………… 177

昭君怨·木梁 ……………… 177

昭君怨·采新矿 …………… 178

浣溪沙·乌兰察布市旷野 …… 178

浣溪沙·巴颜喀拉山 ……… 179

浣溪沙·连战省亲有感 …… 180

菩萨蛮·给老照片配音 …… 181

减字木兰花·塔里木沙漠 …… 181

减字木兰花·阿拉善旷野 …… 182

| | |
|---|---|
| 巫山一段云·翁目春 | 182 |
| 巫山一段云·望云 | 183 |
| 采桑子·为老照片配音 | 183 |
| 采桑子·土地 | 184 |
| 卜算子·记老人聊天 | 184 |
| 忆秦娥·二〇〇四年元旦 | 185 |
| 西江月·卢沟桥 | 185 |
| 西江月·新咏杞人 | 186 |
| 太常引·孤童 | 186 |
| 南歌子·山村晨女 | 187 |
| 少年游·回眸 | 187 |
| 燕归梁·诗词碑林 | 188 |
| 鹧鸪天·怀柔燕山 | 188 |
| 鹧鸪天·艾滋病 | 189 |
| 鹧鸪天·万点红苗圃务农 | 189 |
| 玉楼春·人民英雄纪念碑 | 190 |
| 玉楼春·观景 | 190 |
| 渔家傲·手机 | 191 |

南歌子·燕山深处 …………… 192
满江红·天岳毛公山 …………… 192
卜算子·往事思 …………… 193
古香慢·太行山 …………… 194
满庭芳·参观猿人遗址有感 …… 195
水龙吟·雪山客 …………… 196
一萼红·孤雁 …………… 197
绛都春·雪 …………… 198

后记一 …………………………… 199
后记二 …………………………… 200
后记三 …………………………… 202

# 五绝 百卉列新

## 白梅

搅动寒溪睡,潜霞映雪梅。
疑天还去女,西子扮花回。

## 白桦树

牵手站成排,周身一色白。
小河收住美,谁做仲裁来?

## 百合

红日毛丝雨,白鸽落翅啼。
莫非捎信我,守好看芳畦。

## 报春花

蕊小红颜帅,芳群首起开。
簇拥春灿烂,无愧一生来。

## 碧桃

奋染枝枝郁,株株力系纱。
过门贤慧露,声誉是娘家。

(注)碧桃为山桃做砧木的花卉品种。

## 茶花

蜃楼谁唤落?杯溢酿茶山。
花顶西圆月,东黎慢露天。

## 菖蒲

钓饵蓝瓶撒,红鲜喜寓华。
足失沉泪恨,无复做切花。

## 垂盆草

万象辨殊容,生途印走踪。
首偏君浸露,目正己霏情。

## 大丽花

春盼花容敞,无谊赐立旁。
蕊秋惊见叶,忠守到寒凉。

## 倒挂金钟

生路无直坦,开足涉酷弯。
上瞧哈气累,下看自由仙。

## 稻禾

追岁北杀疾，托擎共产旗。
弯腰扶小草，草履晃无极。

## 丁香

吹来复阵甜，舒目灿容妍。
月水冲坡净，花枝影漏肩。

## 杜鹃花

丛林小曲勃，盘掠杜鹃合。
不是花生走，村姑秀发多。

## 二月兰

梦得堂上画，抖醒野天纱。
溪也潺潺叹，财公去吏家。

## 丰花月季

狂风雹雨下,浊水荡丰华。
命逊梨芳月,谁人见葬花?


## 凤尾花

五彩披蓝凤,长翎羽舞霞。
不知翔鸟去,留下一思花。

## 浮萍

盟誓山回响,新欢又断肠。
要知今日景,何必做初相?

## 狗尾花

从无出众巧,僻野忌攀高。
百日天消雨,姿容照旧描。

## 枸杞

没有贫瘠恨,得福众口亲。
一身都是宝,恭叫泰山人。

(注)吾曰的"泰山人"非泰山居民,是具有泰山品格的人。司马迁说"人固有一死,或重于泰山,或轻于鸿毛"。毛主席也说"为人民利益而死,就比泰山还重"。枸杞的一生,正有泰山的品格。"泰山人"是对它的美称也。

## 瓜叶菊

二月风留旷,花儿素淡妆。
推窗白世界,闭户小春香。

## 桂花

畅步馨香瀚,难寻丽蕊边。
听歌花不语,可等素娥仙?

## 桧柏

拙唇出赤面,驰腱化彪憨。
疑信观针叶,春闺触锐蔫。

## 国槐花

释解风魔扣,夺花掠萼托。
毁芳遗是恨,睁目矢风婆。

## 海白菜

浪山压顶剐,一抖化珠花。
狂怒激高丈,岿然望早霞。

## 海棠花

雅蕾枝头放,平天落爽芳。
可思添丽句,慕请馆潇湘。

(注)馆潇湘:潇湘馆也。《红楼梦》人物林黛玉在大观园的居所。

五绝　百卉列新

摄影·董如继

油画·董如宏

## 含羞草

闭合回妄动，亮敞意相随。
灵性敷谁体，千夫畏那眉？

（注）二十世纪伟大文学家鲁迅先生有名句："横眉冷对千夫指，俯首甘为孺子牛。"

## 合欢

天划一道霞，树放粉绒花。
破暗谁家喜，啼声坠地娃。

## 荷

湖赤晨云染,烟波褐撸摇。
飞天金雨落,伴水立花娆。

(注)飞天金雨落:渔夫撒开的渔网飘落在晨晖下。

## 红柳

谢邀跟绿去,固漠示春秋。
命运贫如洗,珍藏信傲求。

## 黄刺梅

羞蒙怯怯纱，愣见刺瞄花。
疑是新婆有，莹珠过面滑。

## 黄栌

当年厮战恶，耸壁记悲歌。
灭寇流腥雨，黄栌日漫遮。

## 黄杨球

喝彩绿球福,滋滋露叶舒。
撑枝竭苦暗,谁问过河卒?

## 鸡冠花

风止霏霏雨,云翻破晚霞。
更鲜红紫色,翘指不屈花。

五绝　百卉列新

## 棘藜

暴露阳光下，难袭大意心。
潜伏阴暗处，总有倒霉人。

## 金银木

枝头果不萎，疑蕾展春绯。
地上凉霜抹，寒中等妹梅？

（注）萎：在这里应读一声。

## 君子兰

规矩叶儿排,花儿掩半开。
风声迎面秀,泽耀卉中来。

## 苦麻草

沃土袒禾甜,贫滩瘦草牵。
相结缘分里,同苦不嫌寒。

## 拉拉秧

眸目触杂须,如来点善余。
放旬回首度,淹绞喇叭篱。

(注)喇叭:喇叭花也。牵牛花的别名。

## 辣椒

解难飞团火,寒中一品格。
爽言泼辣语,诚信热心拨。

(注)难:在这里读四声。

## 兰花

案上一盆兰,汪汪墨砚连。
芳香高雅在,日日有心宽。

## 老来少

竭草秋时耗,鸣虫尽坐巢。
老来奇少艳,翁发伴难挑。

## 立柳

枝交如恋手,林树顺河游。
波漾逐青岸,遥天洞翠流。

## 龙柏

枝翠叠峰险,波澜立泰山。
要得天下赏,只有圣猴援。

(注)圣猴:《西游记》中的孙悟空也。他有着拔毫毛吹变的神术。

## 龙爪槐

没长向天格,垂枝嵌脑壳。
立名人唬吓,实为一丘貉。

## 芦花

撩起幔花纱,船波串淀涯。
水生家大嫂,呼唤荡惊鸭。

(注)水生家大嫂:二十世纪著名作家孙犁所著小说《荷花淀》中的女主人翁。

## 萝卜

叶花谁赞赏？破土大红园！
平日勤集劲，何愁艳露天。

## 玫瑰

月有深沉夜，花存景落凉。
总思欢乐日，苦涩剩谁尝？

## 美人蕉

醉目烘毫画,披天赐早霞。
红唇含笑动,身段美容花。

## 蘑菇

离腐一身功,清香玉体明。
难随环境去,个性是名星。

## 牡丹

热恋百花园，风凉万草山。
阳春白雪美，下里众人难。

## 爬山虎

昂首朝直壁，从来不畏屈。
抿唇足劲愤，千仞踏登愉。

## 苹果叶

春绿争园盛,东家笑语浓。
秋欣枝上果,谁去慰凋零?

## 蒲公英

跳跃母膝边,天真望笑颜。
飞花播远去,溪水映童年。

## 千头菊

黄蒿砧献体,旷野小菊集。
卑贱齐名仕,心埋壮士谊。

## 牵牛花

晨红披墨发,篱绿挂蓝花。
扉皱嘎吱响,晶珠躲喇叭。

## 青苔

风吹飘细雨,清立陋石区。
举目春伸远,心平淡有余。

## 秋菊

草木面柔收,独花采耀头。
高天黄叶落,甚美隐菊秋。

## 扫帚草

花容同米大,叶阔近萌芽。
不尽天伦乐,山坡小户家。

## 芍药

质朴带蓝天,容华皎月妍。
瑶池飘下梦,列队乱七仙?

## 石榴

一表清容爽，遮藏满腹心。
生途知己遇，只怕是榴人。

## 柿

路接天彩落，车载果红河。
今日贴光耀，昔年治岭歌。

## 蜀葵

粉颜生面带,窨蕾碧妆台。
不是花痴意,风情脉脉来。

## 水仙

玉捧小池泉,花升袅袅仙。
身洁如落雪,自爱避尘粘。

## 丝兰

十月东黎望,白霜四处藏。
叶花情视故,不见恐神慌。

## 松

浓雾见青松,清高照悟通。
要得明目法,天颂圣之恒。

## 太平花

泓穷芳斗艳,谁见彼伤邻?
不易人生路,非何有刃痕?

## 昙花

星夜花开瞬,娆白艳比晨。
生分长短世,芳在有无真。

## 桃花

三月亮春谋,蜂鸣报蕊优。
一湖仙子影,满目粉妆稠。

## 藤

靠架才生立,撑杆欠地离。
刘禅身样骨,怎挂一杆旗?

## 天冬草

不报春时俏,心藏内向高。
埋头无艳丽,积蓄待根熬。

## 晚香玉

独幽芳绽晚,搭讪语谁言。
君看银河上,神仙也有难。

## 温竹

泉清弦淌水,小草颤微微。
狂响秋风喜,嫦娥破绽窥。

## 蜈蚣草

馥郁未缘飞,无粘艳丽辉。
常年青柏色,忠在为甘陪。

## 五色梅

朗日登枝显,阴霾首色蔫。
风中寒雨栗,结伴鼠相连。

## 仙客来

花擦瓷亮色,叶裹翠琢裁。
刮目奇格秀,芳中躲后排。

(注)色:音 shǎi。

## 仙人球

健忘同竹瘦,今臃乐处优。
周身荷刺卫,谁敢满腔油?

## 向日葵

无动月波窥,心存早日辉。
来天蒙起亮,圆脸笑容回。

## 小麦

四月撒欢绿,忧伤六月黄。
飞镰寒气闪,越念遍春光。

## 杏花

仰望乱花容,低瞧照己丰。
嫣然窥目撞,破静水都红。

## 绣球

慧亮藏心话,花纹巧手扎。
红绫抛一落,不乱女淑花。

## 雪莲

神女俯苍穹,惊芳傲雪峰。
思初花百散,屈指有寒功。

## 野牛草

除荒力作青,禁压见重生。
物尽激发美,尘寰乐泰中。

(注)禁:此处读 jīn。

## 一串红

寒霜收过媚,烈性日同悲。
肃目花情叶,相扶走暮辉。

## 樱花

细采天山雪,仙灵贵入华。
做工青女巧,塑树示春丫。

(注)春丫:女孩。

## 樱桃花

自美春风宠,婆娑预灿浓。
含苞情系怨,谁启貌遮红?

## 迎春花

寒日吞残雪,花枝重累垂。
英雄无愧色,只胆探安危。

## 榆叶梅

列艳挑魁首,春红胜一筹。
疏林茵地上,味有贵妃柔。

## 虞美人

雨后汪洋在,园香俏绿台。
如筏漂画景,犹载玉人来。

## 玉兰

白蕊蓝天照,夭桃不显骄。
怡红墙院种,黛玉更添憔。

## 玉米核

梅雨触发核,新容粒粒糊。
猛然财外热,醒目病原毒。

(注)核:在这里与"湖"同音。

## 郁金香

陪送喜新娘,漂洋满上光。
牡丹干束愣,风吻外来香。

## 月季

装饰寒无酷,驱花顶雪出。
枯黄成遍野,众目怎遮糊?

## 枣

天高果正熟,山艳雁迁游。
进峪闻香枣,秋光展墨留。

## 芝麻花

花相花挤跃,茎踩茎争高。
只看无德上,难存景稳牢。

## 知母

一窝疯长草,淹没吐新苗。
只盼秋翁显,银锄布日娇。

(注)秋翁:电影《秋翁遇仙记》中的花农。

## 栀子

红壤院篱笆，黑泥寓品花。
人生天命者，低贱怎升华？

## 指甲草

春颜迟到瘦，辱挤任掐柔。
凤姐无当胆，平儿哽咽流。

## 朱顶红

悦色俯弓青,恭弯仰慕红。
生灵还是画,触目捂惊声。

## 竹

无媚神潜骨,刚直自土出。
春秋文简绩,端慕秀才竹。

## 钻天杨

树树耸天才,思浮宇适哉。
女人学孟母,断赖美铺开。

(注)宇适:此指人间。

# 七绝　百态聚新

# 三名入心

（名水、名山、名人）

## 黄河

溏浪天流无断后,洪荒过落苦颜留。
源长世代摸黄水,不尽人愁在里头。

(注)洪荒:指地球形成天、地、河、海和生命的太古时代。落:读"腊"音。

## 淮河

少从多逆谁应许?狂雨浊波捣蛋皮。
王母玉簪能借我,划它八段慰沙棘。

## 长江

大江难泻史痕波,千代苍音警世说。
展地流书心上话,北南合一叫中国。

## 湘江

跋途北上滔淘透,橘子洲坪送远筹。
昔日毛公挥手指,千军万马不回头。

（注）毛公：毛泽东也。指：方向。

## 珠江

悠长阔水也生愁,百味杂汤占透浏。
渔火米乡抓不住,东南入海一江楼。

## 雅鲁藏布江

神山送水心偏热,大漠瞭遥有浪舌。
拨水谁凿流北洞,润湿西域转恒河。

## 塔里木河

寡水孤痕旷野清,当年万绿不出迎。
涸干湿地谁摸底,只怕楼兰拽伴行。

(注)涸干湿地:即罗布泊。

## 松花江

立冬冰雪爬犁畅,谷雨江边起蕊香。
更有中秋添景后,才识千里大粮仓。

七绝　百态聚新

# 海河

谁生蛮水做浑魔，暴令津船上巷驳。
万历铁牛没止住，红旗一展与人和。

（注）浑魔：即浑河。海河支流永定河的别称。

上巷驳：史料记载海河洪水暴涨，天津街巷多次积水行船。

铁牛：传说明朝万历年间铸一铁牛，放置永定河流经石景山庞村地段东岸，用于镇慑洪水暴涨。

红旗：新中国成立之初，毛泽东主席发出"一定要把海河治好"的伟大号召，海河流域人民积极响应，手挖肩挑，艰苦奋斗。完成了疏河筑堤、修建水库等水利工程，根治了海河。至今未发生洪涝灾害。

## 辽河

曾映新天流域秀,工农景盛耀春秋。
无私倾注国基上,陪伴江山漫际游。

(注)新中国成立之初,百废待兴。辛勤的辽河流域儿女和东北人民,把国家急需奇缺的生活、建设物资和技术人员源源不断地输往祖国各地,无私地支援祖国社会主义伟大建设。

七绝　百态聚新

## 泰山玉皇顶

夏语殷文升造化,儒学孔孟入人家。
玉皇不是山封意,迷信研磨刻孔霞。

（注）造化:指天地大自然的创造化育。

## 华山峭壁

独歧曲峭有声攀,峰破端云去报天。
一唱金鸡长夜晓,英雄跨顶扫狼烟。

（注）新中国成立前夕,人民解放军某部指战员,英勇攀登华山峭壁,如同从天而

降出现在顶峰,一举捉俘了山顶上的守敌,创造了奇迹。狼烟:残余的战火。

## 衡山祝融峰

云下山来树上天,鸟啼卉动送清泉。
远离开拓没失态,留给明晨看自然。

## 恒山悬空寺

千年景在无生朽,绝壁横出五彩楼。
惊叹匠人心手巧,造得精品鬼发愁。

## 嵩山法王寺

黄水路遥山送远,曾来凤辇好宏观。
女皇到借途中寺,偷看隔河贬牡丹。

(注)凤辇:皇妃乘的车。

女皇:武则天也。传说她曾到法王寺借住过。

贬牡丹:传说武则天为显其威严,令牡丹冬季开花,牡丹不理,武则天恼羞成怒,令其从长安迁到洛阳。

## 大兴安岭

群山林海绿波澜,遥近欣清大自然。
茂叶繁枝得问久,深根立树看苍天。

## 天山

边陲卫守匀天下,兴旺族族在一家。
靴转裙飘声乐里,盈连无际向阳花。

## 喜马拉雅山

雪脉冰山亘古阅，一尘不染做封帖。
天公别可来添美，高上神峰顶圣洁。

（注）神峰：藏族对此山的别称。

## 北京景山

树挂惊弓头一脸，露亭立视未横拦。
门前五四成名路，总使煤山睡不酣。

（注）明末崇祯皇帝自缢在景山树上。成名路：1919年震撼历史的五四运动游行队伍从此门前走过。现将与这门前路相接的东路定名为五四大街。
煤山：景山的原名。

… 三新诗词

## 毛公山

宇开隆岭造毛身,执意中华显此人。
难道共工重赐落,惊天动地立山魂。

（注）上苍早就要纪念毛泽东惊天动地的丰功伟绩。在地出海、山出地的亘古年代,在今海南岛乐东保国农场地域,造就了一座于毛泽东脸形一样的大山,等候着他的问世和归天。人们敬仰这座山,称这座山为天岳毛公山。此山海拔 630 米,巨石的毛主席形象脸长 105 米,宽 56 米。

共工：是古书《淮南子·天文训》中所叙"怒而触不周之山,天柱折,地维绝,天倾西北,故日月星移焉"的英雄共工。

## 孔子

趟播文化布河山,愚昧阴森万道关。
飘逝先生昔说语,早成华夏骨中坚。

(注)说：读"税"音。

## 秦始皇

人文世界波涛画,旺扩衰缩史锯拉。
兴运大国嬴政造,九州高露浪淘沙。

## 司马迁

书生追溯逝光阴,人迹茫茫要滤浑。
心正身行德在上,捧出史记报国门。

## 蔡伦

清苦勤劳出振奋,智开造纸助乾坤。
为人受益生活里,抱走存芳世代亲。

## 范仲淹

古立书阁渗范魂,遥遥待乐亮忧心。
高喉快去朝前看,早到天边第一人。

（注）高喉：指那些只唱理想高调的人。

## 毕昇

人潮涌入知识海,对视亲和正往来。
不是那心奇术路,书媒怎递各思怀?

## 李时珍

辨尝万草伏人病,寻破群山耗一生。
倾吐医书留世上,苍天日月替播情。

## 曹雪芹

剥撕世道粉遮羞,躁热人心倒自愁。
纸卷红楼横梦笔,收得恒爱恨情留。

## 孙中山

立观环宇大同心，疼痛荒国日渐沉。
力撬炎黄睁二目，中华猛醒起头人。

## 毛泽东

轻弹十指扭乾坤，智海无疆目赛神。
真理一挥天撒去，生光如日盖星云。

# 游步小憩

## 雁翅路上

压顶斜云风扯袖,一支雨伞谢天酬。
不愁脚下多生险,要与苍穹共自由。

## 付家台山田

雀儿站穗晃球悠,尝品新穈不止休。
一片喳喳什么话,风吹得意抢丰收。

## 百花山

笑应顶草比登攀,足破肠歧袒上边。
吾立高风呼好里,株株声喊变弓弯。

## 云蒙山遇勇士

恶虫芯吐横溪口,萍叶无妨绕道求。
冷眼白鹅高朗叫,双足踩水任天游。

## 平谷北宫桃花

没折枝蕊满鼻芳,花影随欣立步旁。
无酒何来翁醉意,置身一望吐芬乡。

## 慕田峪长城

天下踞分仇会化,长城递古戴失辖。
大同始起环球日,今世人间做笑牙。

## 密云水库

一点鄱阳早雾疏,块银万篓漾光浮。
渔船撒向湖中去,没有扬帆味不足。

## 重游密云水库

烟波淼水涌天云,调雨调风去祸根。
都是前人德性好,艰辛挑走剩温馨。

# 不老屯美女

牛喘呼呼拉褐地,人滴汗汗把黑犁。
树牵耕女山田远,可遇聊公画下妻?

（注）聊公：古典名著《聊斋志异》的作者蒲松龄也。

画下妻：聊公所著小说《画中人》里的人物。其故事所述画上走下来的美女……最后成为贫者的妻子。

## 穆家峪南山

白杏连坡不见摘,游鸭唤动彩云来。
石崖若露天生洞,定有猴头跳壁怀。

## 去老峪沟路上

屏影残雕断壁横,苍天岁月好无情。
斯文谁解何方去,碑倒斜插绿水中。

七绝 百态聚新

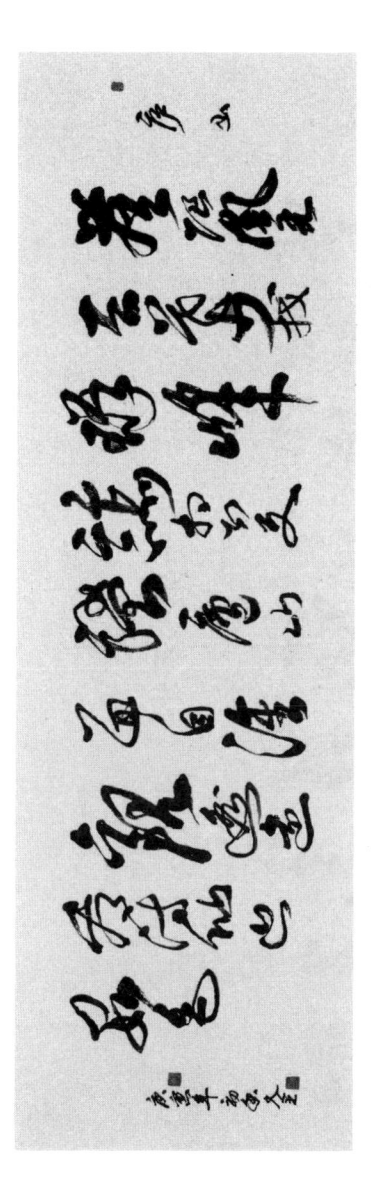

书法·董如华

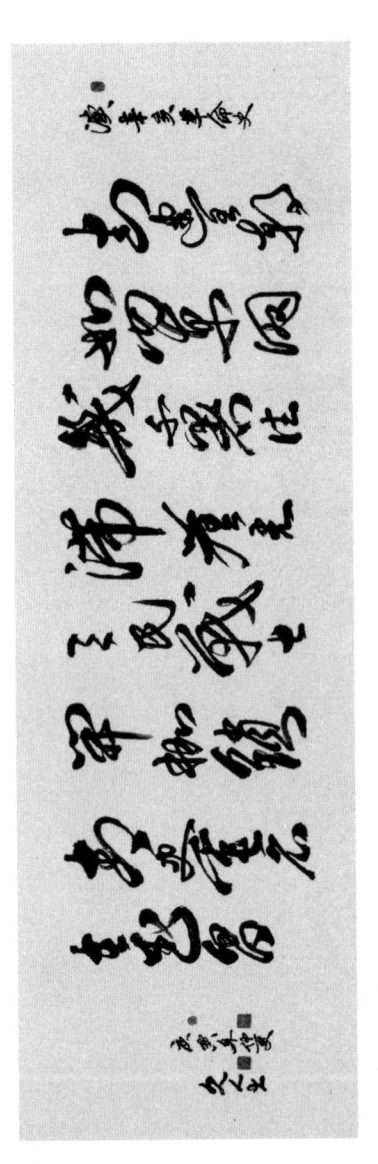

三新诗词

书法·董如华

## 太子府苗圃借宿

北风窗外夜中喧,清早推门见变天。
草木黄颜无奈苦,惆怅白日放严寒。

## 香山静翠湖

青山选秀湖留影,荷柳亭桥看俊容。
越女没来相宿意,谁移西子一湾情?

(注)越女:即西施。西子:西子湖,西湖的别称。

## 香山石子小道

路边糠椴做熏笼,红伞姗姗立不行。
只欠清流从树过,余香捎去散京城。

(注)糠椴:落叶乔木,五月开花浓香。

## 香山双清别墅

山庄晨亮送毛行,赢蒋王朝立举公。
不怨小宅今冷落,洁廉清政走声匆。

(注)双清别墅:是私人于1917年在香山松坞云庄废墟上修建的一处民宅,后更

名双清别墅。1949年3月25日中共中央从西柏坡迁至当时的北平，暂住香山。毛主席在这里指挥了渡江战役，并筹建成立中华人民共和国。

## 走在西山脊上

云露峰头林海静，未觉庙宇有钟声。
步音惊动红山草，野雉悄然破雾冲。

## 首钢凉水湖畔

小雨酥酥挂绢蒙,高炉座座影峥嵘。
翠林屏后红光泛,胜过滇池雾雨中。

## 首钢月季园

荷塘月季静西东,石洞墩桥晃柳中。
三尺宽流坪草上,浮萍没到落漂红。

## 七星园樱花

无瑕娇嫩谁容化？要与夭桃比蕊发。
不是悠闲青柳看，只疑落雪做独花。

## 重过杨庄

——田野消失的记忆

手握镰刀凭草赏，伸腰拭露望苍茫。
地平快要生红日，渠列凉荷到下庄。

（注）凉荷：即薄荷。草本植物，芳香清凉，可入药。

## 昆明湖

晴空万里无瑕点,穹宇仙闺布绢天?
谁把牛郎妻喊到,绢纱剪片落湖颜。

## 颐和园谐趣园

低月投波清底卧,红鱼打挺戏莲荷。
群姑逗步才添画,箫远悠悠送夜歌。

## 紫竹园碧桃

蕾枝摆颤谁偷拽，笑口东君露馅掰。
不是情人能解意，重施故技探春来。

（注）东君：传说布春天的神。

## 玉渊潭雪松群

队结风快起翩跹，远站独姿唤那边。
神女莫非花匠引，天鹅变到小湖前？

## 龙潭湖夜色

云海月藏翻卷画,银辉未落透柔纱。
千灯隔水天中美,一道霓虹倒晚霞。

## 长安街玉兰花

雪化风吹春物醒,小花要看朗天晴。
德行世道出淑女,一望枝头站玉英。

七绝　百态聚新

## 木樨地河边柳

亭立河边亮水华,长丝一顶嫩黄纱。
赏游多少风光美,素淡谁如细柳芽。

## 北海

碧浪洋洋染艳阁,琼山古塔入同泊。
小船圈在湖湾里,谁令风停荡桨波?

## 天安门

马列开元恒放采,袖魁届届影楼台。
回眸历史回思想,走进科学走未来。

## 藏山寺思古

疏林有过未藏岑,招引追杀苦计身。
舍子换孤横淌泪,义魂牵动世人心。

（注）藏山寺：位于山西省盂县,是著名历史故事搜孤救孤发生地。

## 白洋淀

湾波洼水有荷花,摇桨姑娘笑露牙。
离岸船儿穿躲绿,莲蓬没采网绰虾。

## 去三河路上

立春不让春光彩,白雪皑皑冒坏埋。
只看东君施小计,絮飞片片醋争怀。

## 去涿鹿路上

同路东风情早落,避开裸岭躲干河。
天工我要当徒弟,学艺裁春嵌陋壳。

## 狼牙山路边小憩

追史原岐望顶峰,风佛泪面影峥嵘。
英雄没等云梯落,万古悬崖送壮行。

七绝　百态聚新

## 南街村一览

举旗共产不回流，平等生活户户优。
到了南街知理想，科学迈步是恒求。

（注）南街村：位于河南省临颍县，是坚持社会主义集体道路典范。全村村民早已过上公给制无忧无虑、富裕生活。

## 太湖农家小憩

山烟波淼一颜天，毛雨疏帘岂用掀。
寥几鸬鹚缩翅立，酒壶外侧有停船。

## 高峡平湖

一条大坝两衔山，接下瑶池亮岳间。
追浴仙闺谁窃看，羞红湖水映红天。

## 云南梯田

用水拿山贴大画，一排壮汉握锄耙。
白石见这连天作，准解宣轴放墨虾。

## 庐山

无限风光天幕找,群峰竞相引文骚。
庐山面目谁观透,远看诗仙近数毛。

（注）诗仙：李白的誉称。毛：毛泽东也。

## 昆仑山

提牵汝角看江河,功过千秋自己说。
放任山歧玄奘去,驮回泥像落中国。

（注）提牵汝角：曾有诗说昆仑山是玉龙,所以我要牵它的角。

# 杂感存语

七绝　百态聚新

# 思恩人

此诗第二句可变，得同感绝句三首。

## 一

十年续望满天星，得幸郭医赐眼明。
恩重如山无点报，泪湿双手愧空空。

## 二

十年续望满天星，得幸王医赐眼明。
恩重如山无点报，泪湿双手愧空空。

# 三

十年续望满天星，得幸刘医赐眼明。
恩重如山无点报，泪湿双手愧空空。

（注）疏记：今天是二〇〇二年十一月五日。十年前，眼科专家郭玉銮大夫、专家王光路大夫、主治医师刘淑琴大夫，为清除吾眼疾实施手术，救吾出盲人之苦海。手术难度极大，好像把人心脏切开那么复杂。大夫德高医高使吾重得光明，这天大之恩，如同父母再给吾一次生命，吾誓予甘泉相报。时间弹指十年矣，吾心愿未能兑现。内疚刺心，夜不能寐，徘徊于旷野，依扶老树声泪俱下……

## 钱学森

人类生途知向远,双科引路在国前。
且看学问识真理,史与红旗共展天。

## 屠呦呦

史河过步身留影,作证红专路佑铭。
人类福杯添份水,中华妇女一名英。

## 艾跃进

谁泼脏水侮毛身,历史回眸露小人。
非可总呆浑沌误,叩开户户换良心。

## 读《离骚》有感

年年粽子接心上,追眺诗魂不入江。
史记离骚悲壮日,匹夫涌长虑国肠。

七绝 百态聚新

## 悉尼奥运健儿归来

健将立排添祖彩,贪官站溜蠹旗哀。
江山拧作拔河缆,助喊何方拽过来。

## 观长征组画

### ——夺泸定桥

弹中爬死越空悬,惨烈当年不复还。
铁索英魂摸触上,勇增百倍险成滩。

## 读《朱德》有感

扁竹负重铭心刻,挑起中国走上坡。
登到光明无限处,手挥担放乐呵呵。

## 读《辛亥革命史》

封建王朝如罩网,几千暑往滞无光。
三民战士开枷锁,青史垂名在武昌。

(注)三民:指孙中山先生提出的三民主义,即民族主义、民权主义、民生主义。

七绝　百态聚新

## 读人类经典有感

心宽不见栅栏形，抬望苍穹一洗清。
我唤爱神从上落，美开世道立公平。

## 读《安徒生童话》

橇飞鹿跑雪帘穿，玉景谁拨不造边。
爱沁人间活画里，何时丹麦嫁中原？

（注）安徒生(1805-1875)：丹麦人。人间天堂使他成为人类优秀的童话大师。他生于欧登塞城一个贫苦鞋匠家庭。他把观察

人间生活的亮点写成童话,激励人们朝着美好的童话境界去生活。他写了著名的童话《打火匣》《海的女儿》《卖火柴的小女孩》以及小说、剧本、游记、诗等种类繁多的文学作品。

## 读《列夫·托尔斯泰小说》

胸中如海卷波澜,利笔无情世道穿。
君否有心天捅破,新容漏下变桑田?

(注)列夫·托尔斯泰(1828-1910):俄国人。俄国最伟大的文学家,也是世界文学史上最杰出的作家之一,他的文学作品在世界文学中占有重要的地位。代表作有长篇

小说《战争与和平》《安娜·卡列尼娜》《复活》以及自传体小说三部曲《幼年》《少年》《青年》。其它作品还有《一个地主的早晨》《哥萨克》《塞瓦斯托波尔故事集》等。他也创作了大量童话。他以自己一生的辛勤创作，登上了当时欧洲批判现实主义文学的高峰。他还以自己有力的笔触和卓越的艺术技巧辛勤创作了世界文学中第一流的作品，因此被列宁称颂为"最清醒的现实主义天才艺术家"。

## 看《红楼梦》有感

欢来悲散透心寒，一线蜿蜒琐事穿。
才子红楼出梦走，牵得长队浩无端。

## 看《三国演义》有感

波澜史影烈停息,千古英雄落败局。
司马懿心得已逞,未来刘秀促曹膝。

（注）促曹膝：指与曹操的后人促膝交心至腑。

## 看《西游记》有感

点化人间神一笔,石猴绘献爱之奇。
看人无意分男女,钻入君心各不离。

## 看《水浒传》有感

施公细墨话梁山,铁案铮声血印言。
山寨开天联举业,迹消一瞬宋江肩。

## 望岳阳楼

登楼贤仕望江山,留下忧心撼世言。
要问余音多远久,史河尽末也流干。

(注)岳阳楼:古代四大名楼之一。位于湖南省岳阳市洞庭湖畔,始建于唐,北宋重建。宋代著名文学家、思想家范仲淹留下万古名篇《岳阳楼记》。

## 望鹳雀楼

高山遮目难移信,域窄何圈有志心。
古往绝吟居一首,誉音久过易朝君。

（注）鹳雀楼：古代四大名楼之一。位于山西省永济市蒲州黄河东岸,始建于北周。

居一首：即唐代诗人王之涣登此楼所作五言绝句："白日依山尽,黄河入海流。欲穷千里目,更上一层楼。"

七绝　百态聚新

# 望滕王阁

拔天新宇请王勃，怯步徘徊不进阁。
礼遇空前没有后，愧魂隔壁拜朱德。

（注）滕王阁：古代四大名楼之一。位于江西省南昌市沿江北路与叠山路口南边，始建于唐初，是贵族宴请宾朋之地。此楼兴废28次。史记以明代规模最大：三层高27米。1985年官方筹巨款重建：占地4.7万平方米，建筑面积1.3万平方米，高九层57.5米。

王勃（650-676）：山西河津人（原绛州），唐初著名才子，曾作《滕王阁序》。著有《王子安集》等。

隔壁：指同毛主席一起做过开天伟业的朱德总司令，当年发动南昌起义的旧址之一南昌大道58号。

## 望黄鹤楼

梦幻江边蓑笠暗,日开阔宇站人前。
山河眺望只思久,多少风流踏水湮。

(注)黄鹤楼:古代四大名楼之一。位于湖北省武汉市蛇山之上,始建于三国时期,1985年重建。历史上许多伟人名流登此楼览长江,感慨万分。如诸葛亮、李白、苏轼、毛泽东等。

# 世界大事

## 世界纪年起点

开天圣诞立公元，人类欣齐唱赞言。
浑沌成烟将化尽，比出真理布尘寰。

（注）公元：公元又称西历或西元，是一个被国际社会广泛使用的纪年体系。源自于西方国家，是从耶稣降生的那一年算起，国际通用的公历纪元。

1949年9月27日，中国人民政治协商会议第一届全体会议决议，新成立的中华人民共和国放弃使用民国纪年，改用世界通用的公元纪年。

## 奥林匹克运动

爱来盛会离捎美,何日和融那景回?
喜看环球传圣火,大同世界透天绯。

(注)奥林匹克运动:法国人顾拜旦把古希腊人纪念奥林匹克神的一种方式和倡导体育锻炼结合起来,从而产生了国际竞技体育运动比赛。第一届奥林匹克运动会是1896年在希腊的雅典举行的。现在,奥林匹克运动会受到全人类重视。这种健康的美沟通着人们的心灵,促进了交流,增进了友谊。它的作用远远超过体育竞技,影响着政治和经济,把人类引向和平、美好的明天。

## 联合国成立

百语千国界不开,圣贤古往叹声哀。
女神托起天明路,难与离人会未来。

(注)联合国:是人类诞生后第一次大联合,创建于世界反法西斯战争胜利的凯歌声中。她将伴随人类走向遥远的未来。甚至,实现了大同世界,她的身影依然存在。她会成为指导、监督人类在平等、自由天地里的永恒保障。

## 中华人民共和国成立

共产开元书不朽,破私公启换春秋。
沧桑正道铺平等,人海高歌涌自由。

(注)中国是一个五千年文明史的文化古国,有14亿人口、960万平方公里的大国。更是一个注入现代自然科学、社会科学(马克思主义),充满活力和革故鼎新的国家。她必然成为人类实现共产主义、世界大同的中流砥柱。

## 阿波罗飞船登月

登月飞船惊宇宙，天消势力锁封愁。
心门一打环天下，人类科学是自由。

（注）1969年7月16日，美国宇航员尼尔·阿姆斯特朗、巴兹·奥尔德林、迈克尔·科林斯驾驶着美国"阿波罗11号"飞船，成功地登上了月球，于7月24日安全返回地球。这是人类共庆的壮举！这是地球上自诞生人类以来，人，第一次成功飞出地球！这是人类共同的理想和骄傲！这是任何信仰和国界也阻挡不了的科学和自由。

## 达·芬奇

潺流一捧向空扬,双目清晰看四方。
刀刻鬼藏犹大脸,彩出微笑比心良。

(注)达·芬奇(1452-1519):意大利文艺复兴时期的艺术巨匠、著名的科学家。他的许多科学设计和发明使自然科学发生了重大变化。在油画艺术方面给人类留下无与伦比的传世佳作。如油画《蒙娜丽莎》《最后的晚餐》等。

刀:即油画刀。它是代替画笔的一种专业工具。

三新诗词

# 牛顿

科学大树撑天彩,苹果芳菲站顶开。
要问全株什么景,来行师祖举花排。

(注)牛顿(1642-1727):英国人。对人类科学做出了巨大贡献的物理学家、数学家、天文学家、自然哲学家。有著名的苹果典故。他看到苹果从树上坠落,而引发他揭示万有引力定律。

师祖:指那些给人类做出巨大贡献的自然科学家、发明家。如:加俐略、瓦特、富兰克林、爱迪生、亚历山大·弗莱明、爱因斯坦、霍金……

## 贝多芬

巨琴一架成山首,旋律音波万地收。
平等自由心拽去,晨曦好亮在前头。

(注)贝多芬(1770-1827):德国人,人类伟大的音乐家。出生在波恩一平民之家,从小就展现出了他的音乐天赋,26岁开始耳聋。但这并没有阻碍他对音乐的创作。他热爱生活,始终坚守平等、自由的政治信念,一生给人类留下了许多著名的音乐作品。如《英雄》《命运》等繁多的交响曲、钢琴曲、序曲等等。

## 卡尔·马克思

寰尘规律他发现，古载心说据化烟。
立地顶天资本论，人流无际履书沿。

（注）马克思是发现人类社会存在规律的人，因此，他把社会学提升到社会科学。他也就成为人类第一位社会科学家，为人类指出未来的方向。二十世纪六十年代，占世界三分之一的人口、在世界三分之一的地域里，实现过他预计的公有制社会。这一社会主义社会，必然在人类文明现代化里实现。

七绝　百态聚新

## 毛泽东思想

立公破旧沧桑耀，人类容新力不竭。
天下太平依正道，宇寰同益在科学。

（注）毛泽东思想：他是中国五千年文明文化所产生的先进的、科学的唯物范围精华结晶，与世界文明文化所产生的先进的、科学的唯物范围精华结晶——马克思列宁主义融合一起的彻底唯物革命思想。他一问世，就显示出无坚不摧、战无不胜的强大能量和生命力；显示出了人类实现平等、自由大同世界——共产主义的力量源泉、方向和保障。当他发现社会主义存在着资本主义复辟的危险性这一规律后，指导无产阶级要坚持革命，

要破旧立新，才能永远不败。

　　这一社会规律的发现和解决的措施，使他成为马克思、恩格斯、列宁之后伟大的社会科学家，更加奠定了毛泽东思想是永恒的真理。

# 词 百景采新

梅骨恒辉

## 暗香·春枯梅

穹蓝田绿，雪鸟枝上叫，僵婷存栩。引旅芳群，桃李排先卉争侣。头顶盈花遍地，来俊俏、戏围欢聚。好梅老、笑在丛中，看万里春燠。

啼语，脆声喻。树上蕊叶痕，雾中分窳。蕾芬坦煜，颜正方明是光誉。留世长存浩气，出灿烂、霞云朝旭。若叶复、枯再蕾，地天何诩。

（注）笑在丛中：毛泽东咏梅词有名句："待到山花烂漫时，她在丛中笑。"

## 暗香·夏枯梅

冉阳丹昱，露润干树绮，僵婷存栩。似梦长留，安睡酣甜面光煦。容色魂居不褪，方显示、英雄豪燏。宇宙看、地广良和，好大量功率。

同叙，尽躯举。伴伫嫩叶旁，衬花扶绿。视风视雨，提胆添威御歧蟴。向往年年旺旺，欣悦看、适生离娑。看永贵、瞧进喜，挽雷锋去。

（注）永贵：即杰出的中国农民代表，大寨的陈永贵。

进喜：即杰出的中国工人代表，大庆的王进喜。

## 暗香·秋枯梅

　　月柔圆玉,落亮纱俊佩,僵婷存栩。脉脉情双,惊住风儿唤音吁。景象情和趣妙,疑是祝、梁幽相遇。踏踏踏、再起思迷,谁扰太墟阒。

　　相聚,像春絮。落烈士劳模,肃容拉序。饰花饰炬,来为枯梅复光煜。青女欢前助导,懿太后、愣魂思虑。这场景、别闯入,妾心惭恧。

## 暗香·冬枯梅

飞花白滤，仰面接落絮，僵婷存栩。似鸟粘躯，拿雪天工做毛羽。曾有梅妻鹤子，何记室、珠光瑜句。烂漫时、碾作尘邀，游玉砌疆宇。

惊惧，鸟何去？一望雪茫茫，早无踪驭。缀音醉语，肥臭朱门昧声饫？辛慰柴扉觅米？天若意、虹颜融玉。做路筑、通正道，海桑遥域。

（注）梅妻鹤子：林逋也。北宋著名隐逸诗人。种梅养鹤，一生不娶，有梅妻鹤子之称。

何记室：著名南朝诗人何逊所著《何记室集》有诗《早梅》一首。是咏梅最早的一首诗。

烂漫时：毛泽东名作《卜算子·咏梅》，有"待到山花烂漫时，她在丛中笑。"

肥臭朱门：唐诗人杜甫有名句："朱门酒肉臭，路有冻死骨。"

## 疏影·亮月梅

山梁亮月，旷野箫管咽，长曲深夜。岁老冬梅，稀蕊疏枝，色重瘦采风偃。昨时一首西风烈，率浩队、天从头越。万里征、举火烧阴，血与放梅流野。

新宇开元社稷，有梅骨正气，信仰光烨。五指难齐，岔路难同，净雪留收足穴。人猾借势先捞裕，记苦者、当愚陈戒。岂辩印、雌影雄魂？白雪老梅缺月。

## 疏影·半月梅

　　山梁半月，那半何处去？天也失窃。园满花芬，残雪吹凉，风扯萼落凋谢。南枝北权知寒意，似看蜡、真别虚咽。水去东、海浪云堆，大地渐沉浑夜。

　　习惯梅花最美，开天长队好，不想瑕颣。各景园丁，亮技梅容，展示学识结业。浊白色变没洁意，却袒爱、愧羞难卸。绞痛感、晕目昏昏，疑见雾烟藏月。

## 疏影·隐月梅

　　山梁隐月，似陇西路域，风起吹烈。落雪茫茫，川野星空，白黑远立分界。枯秃草木没生气，冷彻里、独梅开夜。那俏容、红艳风中，挥尽嫁衣白雪。

　　梅骨国徽早入，品人不论位，看否德耀。故殿垂帘，态欠魂格，不是出壳增孽？仙花引路春铺地，自古往、悟觉光跃。出场景、人物齐鸣，撕裂雾霄包月。

　　（注）仙花：梅花的别称。

## 疏影·待月梅

山梁待月,大地花落雪,休榻难谢。幻睡迷觉,院响门开,蒙娜丽莎来谒。慌足敬拜名芳丽,问岂故、离官遥越?看晚餐、卖主门徒,忐忑静失心咽。

忆古思今正气,梅魂一片影,人类合力。引领归途,疾进朝夕,大同缔造和燮。生存天地遥离恶,万代美、幸福无界。谁不盼、梅骨尘寰,出挂一轮明月。

(注)梅魂:古今中外具备"梅"品格的人。

晚餐:即油画《最后的晚餐》,是意大利古典美术大师达·芬奇根据《圣经》故事所创。它与大师另一名画《蒙娜丽莎》同收藏在法国卢浮宫内。

# 附五言绝句

## 梅（三首）

### 一

独融漫雪飞，燠引暖风吹。
陪衬苗花艳，丛中美意随。

### 二

白日蔚蓝清，何无落蕊踪？
一身洁净度，雪里影难形。

## 三

枝发寒不怕,赤蕊化天霞。
惊住无垠雪,重春大地华。

## 附七古

## 梅(二首)

### 一

拜读苏轼七古《十一月二十六日,松风亭下梅花盛开》有感。借韵寄语。

素花飞遥蟠桃村,凡间寻落寒梅魂。
一片圣洁布净雪,总思疏影月黄昏。

曾记伤事千滴泪,惟恐廻迂圆中园。
古来惜花人多少,一捧清流旧情温。
枯丛一露独芳展,白雪才抹敷丹暾。
浩瀚茫茫天连水,涓涓条条溪绕门。
世上多少虚假爱,顺势得意隐真言。
只探告之冷不怕,春回妖娆怎盛樽。


## 附苏轼原诗：

春风岭上淮南村,昔年梅花曾断魂。
岂知流落复相见,蛮风蜑雨愁黄昏。
长条半落荔支浦,卧树独秀桄榔园。
岂惟幽光留夜色,直恐冷艳排冬温。
松风亭下荆棘里,两株玉蕊明朝暾。
海南仙云娇堕砌,月下缟衣来扣门。
酒醉梦觉起绕树,妙意有在终无言。
先生独饮勿叹息,幸有落月窥清樽。

## 二

年初一，展读苏轼七古《和秦太虚梅花》有感。借韵寄之。

含章落梅招风槁，过客丽句顺边倒。
扶姿依饰难同梅，无魂无魄君别恼。
冬花盛树站雪中，昂首抖峭向天早。
枝里枝外同玉洁，哪方精彩是美好。
披身蕊衣风要没，足旁冰毡雨抢扫。
再看小梅何姿容，春颜嫩露远离老。
花界有几不畏寒，每逢收场做干草。
只望梅雪同春来，万象更新铺地昊。

（注）含章：南北朝宋武帝殿名。寿阳公主在殿檐下卧之，一朵梅花落在她额上，待几日拂下。宫女们仿效化妆之。因得梅花妆典故。

## 附苏轼原诗：

西湖居士骨应槁，只有此诗君压倒。
东坡先生心已灰，为爱君诗被花恼。
多情立马待黄昏，残雪消迟月出早。
江头千树春欲阑，竹外一枝斜更好。
孤山山下醉眠处，点缀裙腰纷不扫。
万里春随逐客来，十年花送佳人老。
去年花开我已病，今年对花还草草。
不如风雨卷春归，收拾余香还畀昊。

# 思母愧疚

## 清平乐·核桃树

皮脱木朽,枝挂凋零果。尚有乳汁留尽后,不见孝来甘舍。

天怜老母痴心,撒云飞泪淋淋。路见苍容一树,痛思未报娘恩。

## 蝶恋花·春柳

青柳垂枝轻摆荡。众树群花,采示春光场。艳露姿容生丽亮,美潜素淡梢头上。

柳叶娘衣曾印上。双手扶儿,陋室温馨酿。夫外晚归心虑涨,霞消月挂依门望。

## 蝶恋花·露柳

晨露连坡青野旺。刺菜花蓝,野草丛中亮。娘采青苗儿示样,起身湿柳额头撞。

擦笑回眸娘语讲。勤俭持家,那是清福享。细做粗粮娘手上,低额线绣梅花样。

## 蝶恋花·雷柳

霹雳黑云球火降。坠坠飘飘,一路无拦挡。划过河边青柳上,要到谁家逛?

球火飘临门外响。恐愕娘魂,楞目天头晌。暴病夫亡工厂躺,欢飞乐走愁云涨。

## 蝶恋花·雾柳

斜影堤坡依手杖。柳顶迟疑,姗步何人象?浓雾近知来妪犟,映河惨淡十年趟。

双副肩担娘绑上。挑走冰冬,赶起春风唱。倾爱给儿足不晃,千辛苦水无推让。

## 蝶恋花·雨柳

骤雨狂风掀水浪。河柳身摇,枝竖寻方向。飘走絮花能顺畅?子离故里娘心上。

晃柳娘扶身打饯。汪雨汪睛,泣面无言淌。沥胆披肝培后旺,谁思爱换孤仃像。

## 蝶恋花·霜柳

月碎波粼鸣咽响。伛母躯斜,倒在堤坡上。银发霜枝白相望,悲凉气冷吹空旷。

都有春风开景场。母爱悠悠,世上才明亮。尴尬自淘惜自放,刚直自有留德尚。

## 蝶恋花·雪柳

老柳冰封寒栗想。双手青筋,挛搐扶株状。前后一白遥际旷,目严仁立思君往。

娘履九天登爽朗。仙众无声,百苦人颜烫。青女蟠桃摘敬上,娘愁化进天晴虹。

## 乌夜啼·童时过年

响风星落敲窗，醒晨娘。鲜肉活鱼鸡胖、等锅香。

昔岁空笼蒸旺，饿含强。揉眼翻身天亮、看娘忙。

## 乌夜啼·忆初学写字

字帖白纸临家，考妈伢。书报常拿无话、眼睁瞎。

大小恒心文化，破文辖。前面伢描翻写、是妈妈。

三 新诗词

# 乌夜啼·第一次游动物园

　　铁笼花路湖东,闹园中。兽吼禽啼人涌、笑声迎。

　　自步忽停无兴,楞拦绳。妈爸能来游梦、盼心惊。

　　(注)一九五九年春,我和大弟读小学,老师领着学生们到动物园春游。我只觉得耳目一新,兴奋之极,忽然想:"要是爸妈、小弟能来游动物园多好呀!"我正在奇想之际,只见爸抱着小弟来了。我快活地跑了上去。哈,妈妈和街道上刚参加工作不久的妇女们也来了。我真觉得有点喜出望外了。直到今天,每当我想起往事的时候,一想起那次春游,眼睛就淌下泪来。因为那是我儿时全家唯一的一次春游。

摄影·董如继

## 乌夜啼·望母照片所思

嫩娃偎母咿哑，面如花。做绣歌吟愉恰、镜中妈。

风雨扶儿遐垭，尽心涯。昨梦妈妈足踏、亮天霞。

词　百景采新

绘画·董如宏

# 花天彩地

## 如梦令·桃花

庄口水田青塔,树嫩粉容春画。翠岭响鞭扬,蹄破路声坡下。瞧罢,瞧罢,早蕊送兰出嫁。

## 如梦令·杨花

春日考媒风竞,絮朵随行姻定。北畔点花迎,南岸解潺情重。风兴,风兴,怎给鸳鸯圆梦?

## 长相思·枫叶

一红单,片红单,滚滚秋黄铺海淹。难留异点颜。

树连山,赤连山,一望霞红天地间。波澜如火燃。

## 长相思·花椒

一枚欣,两枚欣,杯举清喉知价身。餐香口更亲。

一勺吞,两勺吞,嚼嘴芳浊汁不分。躯麻遗忘仁。

## 长相思·葡萄

紫汪汪，绿汪汪，琼欲浆滴舌舔芳。清香讨慕肠。

远端庄，近端庄，表里同明心不防。谁帮中意忙。

## 昭君怨·光棍树

玉兔山河闲看，呼起嫦娥红脸。羿舞树丛围，泪垂垂。

一度山盟海誓，突遇独福哗变。剩下一光溜，望心寒。

## 昭君怨·仙人枝

　　翠绿条条直立，干净雕空美意。四季展春光，亮堂堂。

　　小卉知音相遇，陋室平安喜乐。圣路唱歌人，往天家。

## 浣溪沙·枫

　　山树春灵绿相同，秋云风瑟亮独红，夕阳中立好年轻。

　　穹昊无边心不度，日今遥月返谁童？一枚小叶有扉声。

## 浣溪沙·山茶花

白雪红花早卯收,寒风旷野冷回头。冰纱蒙僵蕊初柔。

冬去春来顺序悠,逆施倒步可存愁。天时没日漏出羞。

## 菩萨蛮·牡丹

帘拉灯影窗花漏,沂蒙小调哼出口。表响秒拨针,蒸笼气味荤。

下班家务做,日子围他过。只盼那颜欢,拉门喊牡丹。

## 浣溪沙·茉莉花

矮灌青坡蕊吐芳,欢童鸣鹭一塘相。村姑仨俩采花忙。

照片依昔景丽光,陈歌老曲启心窗。杯茶花入溢沉香。

## 点绛唇·刺菜

虫竞相逃,囤扶救命呜呼草。目苏没道。叹念花丛笑。

钝锉良苗,扫幸连根撬。君能保?雨风常好?谁助荒年灶。

## 菩萨蛮·米兰

白云明月星空亮,漏石绿灌黄花放。几位友朋来,闻芳愉口开。

回眸香聚会,那景天消味。余影印心间,重逢梦境还。

## 菩萨蛮·荔枝

手机热耳传来语,病房走进提篮女。蔼递问声康,神交对视光。

初缘离不弃,红果皮包蜜。绣手一双白,难移慕目怀。

三新诗词

## 卜算子·妫河赏荷

一道曲桥豁,百亩花荷撒。荡桨群船水上行,柳岸聊声侉。

截景取妫河,尧帝没留话。史记人间那代公,无有私天下。

(注)妫河:是以尧的妻子妫命名的河。在北京延庆。

## 卜算子·椿树湾

白鹭日晨飞,阔叶伸空仰。半掩红亭立曲湖,有位依栏望。

只盼那人回,思叙浮前像。递信捎来背影图,定睛生惆怅。

## 巫山一段云·蝴蝶花

黄紫白颜淡,苞开更少芳。没生容艳聚春光。色采满阴凉。

梁祝符花体,重回地上双。奇情拉动世人肠。谁有此光芒?

## 采桑子·美人蕉

长花阔叶池边站,蕊满红颜。鱼伴红颜,游月波花偶影间。

足前小景接时远,一片丛芳。学校丛芳,蹑脚捉猫几少年。

## 采桑子·虎刺梅

曲枝短刺千姿立,长世生须。非虎生须,细梗红花踩利皮。

环球万物形含密,异住同离。脱恶同离,互衬人生永不息。

## 画堂春·梨花

天工督夜竞疯白，苦风放蕊没栽。斑坡空地雪芳埋，自荐花来。

情献高山豪迈，恋心活水天开。艳楼大厦码金财，离嫁逃怀。

## 画堂春·山里红

山腰丰果火红连，灿光一处独嫣。结局不是蔑瞧言，臊雨烧天。

坡野离肥风旱，蕾花无悦虫粘。未淋爱悯自博然，心浸辛酸。

## 画堂春·海棠

　　胭脂风拽亮春妍，臊红捂面别观。偷瞧萼艳绿池涎，藕妒收莲。

　　未请曹公前看，恐慌群丽心寒。卉香不散大观园，谁惹花烦。

## 忆秦娥·碧桃

　　天紫漫，绿茵地上芳花灿。芳花灿，愧梨白躲，翘黄羞掩。

　　山桃砧做芽根嵌，使得生秀春坛站。春坛站，星西陪净，日东帮艳。

　　（注）白：梨花的颜色。翘黄：灌木黄翘。

## 菩萨蛮·晚香玉

蝉鸣绿树黄昏暗,弯塘丛草白花绽。浅水映天光,清风送蕊香。

当年相慕景,没复同垂影。四季有颜分,痴情一个心。

## 南歌子·扛柳

烈日当头烤,枝蔫叶卷憔。倒垂树影卧萍漂。园点银斑碰撞泡凉漕。

精气神同柳,足乏目晃摇。一歌响耳抖惊消。铁志持恒才有好丰饶。

## 菩萨蛮·芦苇

霞光芦苇漾波水,褐鸭翔落空天美。碧野渺烟崖,风吹穗放花。

自然环境里,万种栖身地。走向更文明,宽容是共生。

## 荷叶杯·蟹爪莲

木架泥盆蕾盛,晨醒,尤可嫁冬凉。天工琢玉塔叠镶,丝蕊点清香。

陋室生甘盈梦,喜庆,拱手谢花妆。悟匆来是小春相,开步奔朝阳。

## 忆汉月·西府海棠

花地彩梁墙釉,红粉报新题旧。灯明通亮影阴遮,点奢求、恨心眉皱。

蓉城三月雨,俊连秀,蕊叠坡诱。何苦成芬进瓶沤,泪十娘,过魂歌又。

## 浪淘沙·龟背竹

脉络共生存,通畅成身。淌输养分叶容新。轮廓丰圆天给俊,彩列芳群。

合劲会松匀,面裂花分。直同蚕口剩桑痕。不见初缘沿抱润,愈复没神。

(注)面裂花分:这里是花的形状。

## 燕归梁·风荷月

树影花魂水晃双。避亮雾帮忙。快风拽雾假相商。月隙钻、巧蹲旁。

花边私语欣流畅。夜越亮、脸绯慌。何时露举探头阳？赤云浮、跳心房。

## 燕归梁·梨花

月晃枝头绢漏光。小溪送花香。几声啼鸟大山扬。泪芳旁、语无商。

星星无力思情场。粤向望、胆中央。蕊开蕊落几匆忙。等心苍、日吹凉。

## 鹧鸪天·雪松

长叶疏旋到冠尖,枝伸同臂拽裙边。光泽粉绿园中立,素丽天来好自然。

风雨卷,雪冰钳。色颜不变耿直连。纷说松有男儿样,此树独含淑女贤。

## 鹧鸪天·兰

神斧谁横剁片山?草芳散在桂云滇?香风没送花仙子,皓月愉观凤尾兰。

青女慢?素娥先?熏笼十万做山担。提芳放置浊江处,化垢融污水复蓝。

(注)桂:广西。云:云南。

## 踏莎行·冬桃

郊野寒溪，果园静路，日拉晨树斜长影。凋零落尽透空身，行间红袄出风景。

蕾卧枝头，甜甜不醒，巧心枝剪无惊梦。来年实果挂输赢，早知露在眉微动。

## 渔家傲·芍药

去弃红楼行旷莽，芳人化卉攀回望。岁岁递春花赶场。谁念想，何知宝玉乡音忘。

俏布满园春又访，插红披绿枝枝上。笑语嘻嘻盈步唱。风助爽，来群绣女相花样。

## 唐多令·苦麻草

草苦自身担,春中一婉颜。任禾挑、良地先圈。小卉滩涂足一点,风里站,坦容然。

富贵不高攀,无争百卉甜。守年年、遗后沿传。大地春华铺灿烂,花簇簇,漫芳连。

## 苏幕遮·六月雪

叶青青,花玉玉。自立青白,赴九泉魂聚。肃舞围花无话欲。触窦娥伤,纵泪悲如雨。

寂声宁,同素女。橙椅别添,少许心平虑。可叹包公传寡续。消止冤魂,正气谁人举。

## 苏幕遮·蒲公英

北量瞧,南探望。带女拉儿,找土寻金场。仰盼儿孙光祖尚。力尽生竭,不动泥中躺。

判官牵？烟火葬？啼世生来,谁免情终场。有幸随风云彩上。急俯心痴,化雨芽苗享。

## 江城子·河柳

凉风催柳早出宁。点青梢,荳微萌。颜瘦没丰,立影水花中。旷野不松清冷冷,冰未净,雪漂融。

只身无伴落孤丁。意藏些,急非行。等雨牵容,放纵地天兴。剪尾衔泥飞小鸟,依旧道,递春情。

## 念奴娇·菜花月

依腮托月,亮塘温、眉挑金蟾登月。脂散芳飘浑四面,粉夜染黄天界。抚玉镯环,唤他没影,不会初言越?薄唇收齿,红颜藏住心悦。

鼓乐结彩高灯,日红如火,谁不思福耀?心恐韩琪歧半遇,扔胆牛郎平谢。接古佳言,户门当对,福路伸田野。挥眉睁耳,巧风拂缕明月。

(注)韩琪:京剧《秦香莲》剧中人物。奉陈世美之命,追杀秦香莲母子的衙役。

三新诗词

## 沁园春·八宝山古银杏树

　　贴耳扶株，仰目残冠，看老印颜。显人流过影，如星数困，桑田浪海，多少光贤？陋夺成俗，科学未现，总占苍穹赐众甜。积来祸，坠先压百姓，苦水中淹。

　　谁呼星火燎原。万古绩，红旗捅破天。领亿心更底，三山推到；开元共产，地覆天翻。解放人生，无穷劲焕，造就丰饶不见边。上帝楞，度瑶池蜃市，叹逊尘寰。

　　（注）亮珠：在这里指中国。在世界上享有"东方明珠"之美誉。

　　三山：指史称压在人民身上的三座大山。

## 惜红衣·野杜鹃花

　　老赣蓝瓷，红梨木架，侍花福护。早抹丹墩，又着润淋露。荒坡野卉，堂上摆、离贫临富。来度。堂暖似春，何天花妍吐。

　　焉容面贮。愁寂难开，花态无神主。谁能想到，野花旧情处。善心错移无意，异梦不收情误。叹甚花相背，怜心溢流酸苦。

# 朗天亮地

## 如梦令·梦雪

天马雪车飞驾,混沌海桑穿卡。一路景清晰,处处玉琢雕画。谁画,谁画,登上木阁寻话。

## 如梦令·杜鹃新啼

币眼路明全堵,生态断掘无顾。树海不斤蚕,小鸟力啼疾护。秃苦,秃苦,听语动肠寒酷。

## 调笑令·鹦鹉

蓝鸟,蓝鸟,破叫窗檐语妙。愁云鸣走兴高,老溢童时小谣。谣小,谣小,晓破提笼慢跑。

## 调笑令·老虎

花虎,花虎,吼月凌空扫谷。杂声嘶叫刹无,野鹿惊得怵伏。伏怵,伏怵,静等横行过步。

## 调笑令·老猫

　　猫腹,猫腹,耍狡嗜馋一肚。年高衰变恶出,放鼠安然入屋。屋入,屋入,敞胆随行洞库。

## 昭君怨·木梁

　　卷泡梁柁浊浪,凄立铜青山岗。不见亮明霞,暗汪涯。
　　双手辛勤血汗,难受忽干无剩。望大地苍穹,岂寻仓。

## 昭君怨·采新矿

山道石车队慢,蹬履足筋顶辗。手架木辕愁,喘声抽。

日下伞支罩影,默犬伸舌陪瞪。同是打工来,互煎急。

## 浣溪沙·乌兰察布市旷野

沙砾黑风旷野行,茫茫浑暗寂空空。呼天呼地不回声。

欲驾狂飙求上帝,客裁厚土赖天公。蜃楼海市落尊容。

## 浣溪沙·巴颜喀拉山

万岁苍容眺莽原。天流甘水育人间。哀怜先祖有心偏。

拱北潮头牵越女，调南泽水映燕山。待瞧先祖露何颜。

（注）二〇〇二年十二月，中央电视台播发"南水北调"一事。思五十年前毛主席率众治水，就高瞻远瞩规划南水北调，今人继业开发，甚感也。

三新诗词

## 浣溪沙·连战省亲有感

　　君下飞机步起欢,山歌水舞待亲颜。台峡两岸已朝前。

　　国共昨分八一夜,今时盛世祈合天。谁留青史耀人间?

　　(注)连战:原中国国民党主席,于2005年4月26日回大陆访问。

## 菩萨蛮·给老照片配音

高炉赤矿红标语,工人脸喜飞没郁。升降料仓游,车拉罐铁流……

翻身生产手,冶铁溶流火。劳动者当家,一心造富华。

## 减字木兰花·塔里木沙漠

荒垠恶陋,滚滚黄沙干死吼。生气难筹,出彩天边是蜃楼。

湘湖粤岫,黔雾川田迁漠绣。鸟语花幽,竹响春声舟畅游。

## 减字木兰花·阿拉善旷野

　　几年景换,万卉匆逃无印散。空向天边,沙暴如军疯占田。

　　日白星暗,掘地争金图一旦。谁泪呼原,甘草难生再复还。

## 巫山一段云·翁目春

　　处暑天虹挂,花儿立水汪。木筏谁绑救园香。俺把舵公当。

　　几捧嘻伢脸,扶锹密语商。飞泥抡土吵开塘。幼稚气翁房。

## 巫山一段云·望云

万丈白云臂,难夺少岁遥。黄昏登脸色难瞧。稚旺早心消。

五彩人生路,缘分一座桥。欣然来世化青苗。染绿半平焦。

## 采桑子·为老照片配音

春犁褐马初耕地,浪卷田泥。蒸汽田泥,百鸟翔鸣在旭黎。

昔年劳做东家里,日过悲凄。更去悲凄,大众眉开唱赤旗。

## 采桑子·土地

秧田没有高楼影,土送禾香。人在禾香,户起炊烟乐满庄。

贪涎毁地今朝状,串造沙荒。天扩沙荒,空虑儿孙手碗粮。

## 卜算子·记老人聊天

一片比活声,日月无松场。灰瓦红砖砌适居,千亩新庄亮。

谁住此新居?制度严明畅。干部工人等式趋,福利同分享。

## 忆秦娥·二〇〇四年元旦

金鸡早,开门瑞雪全新了。全新了,玉营遮旧,老天多巧。

拨分郁景堆欢笑,童心再壮别烦恼。别烦恼,风吹朝气,紫霞涂道。

## 西江月·卢沟桥

河水奔腾不度,白桥孔洞调疏。绿荫沿岸蕊香熟,晓月摇波逗步。

曾历风光躲走,荒秃壁野无舒。启开环保复卢沟,月探名碑回住。

(注)卢沟桥东北处有一块刻有"卢沟晓月"的名碑。

## 西江月·新咏杞人

才杞忧天论落,路颜冷笑斜瞧。亿谣年月探情苗,胆动惊人好早。

老外书观天体,无恒昱日徐消。难得古点近同敲,誉感神州不渺。

## 太常引·孤童

狂风聚起墨云浓,邪雨带雹凶。雷闪画孤童。瞳孔惧,小手抓空。

黑白颠倒乱文明,天性复原形,人上鬼横行。余孽造,遗苦谁平?

## 南歌子·山村晨女

　　涧落飞流响，荆丛顶彩摇。飞蜂嗡嚷上花梢，陪伴村姑锄草看莜苗。

　　语土风光老，招来有意朝。笑迎清苦做农娇，谁去当花点墅做陪僚？

## 少年游·回眸

　　蟾光布道，白云落树，槐蕊有芬飘。波亮闪闪，芳丛池断，亭露小石桥。

　　乡音发小，足经老景，昔乐趣回眸。人生途走一圈瞧，时幼快活娇。

## 燕归梁·诗词碑林

镌字碑碑态貌祥。日夜散书香。倾天倾地色无慌。入石心、玉洁装。

碑碑藏裹人模样。好美妙、拽思肠。上前把耳靠中央。静神听、脉昔相。

## 鹧鸪天·怀柔燕山

雁塞湖沿北道山,铺装绿翠角园裁。民淳俗厚接青女,云朗潭清动彩排。

山口进,手挥拍。百十峰露醒晨怀。如同武士英姿比,一片雄骑驾雾来。

## 鹧鸪天·艾滋病

同治勾魂泣故宫,升平歌舞抹琼容。瘟神浓粉糜糜里,赖窬新欢鬼占情。

长卷史,印痕清。民心朝向太阳明。科学正气人间乐,自爱贞洁美一生。

## 鹧鸪天·万点红苗圃务农

日牧白云散远天,路穿旷野进林田。泉欢泵涌溪泠语,兔蹦蛙鸣想菜园。

锄把握,汗贴连。足旁一片灿花颜。愉心劳动金无比,叟老升成自在仙。

## 玉楼春·人民英雄纪念碑

玉碑锁向千秋影,旗海人朝流不定。根基石硬码初匀,立业开天何自省。

思恩先辈无波冷,共产思维成晓镜。英雄不朽刻归魂,朗日沧桑驱夜永。

## 玉楼春·观景

灯熄蜡点蒙秋影,人热人凉心不定。过河涉水垫初匀,大眼小睛明自省。

同犁耕地声波冷,人鼠高低藏晓镜。茅台香溢引归魂,酒绿烛红重夜永。

(注)读明末著名遗民诗人王夫之所作词《玉楼春·白莲》有感。

## 附王夫之《玉楼春·白莲》原词：

娟娟片片涵秋影，低照银塘光不定。绿云冉冉粉初匀，玉露泠泠香自省。

荻花风起秋波冷，独拥檀心窥晓镜。他时欲与问归魂，水碧天空清夜永。

## 渔家傲·手机

宇宙人寰收里面，时空地域由思选。浮影声出机瞬显。不梦幻，飞船登月足痕点。

现代科学剥朽念，更新速度随天转。愚昧抛除无苦暗。今日看，烧香脸滞没全散。

## 南歌子·燕山深处

松岭梯田绿，石屋紫蕊菊。潺溪黑犬看羊驴。老叟篮提趟草下岐徐。

古道清幽处，遥离市闹区。天然越剩越宜居。昨遇风光侉语不多余。

## 满江红·天岳毛公山

混沌迭罗，像岳铸、英雄预定。来何处、世无双例，海辽出众？历代巡查无见迹，千国字语难寻颂。等来天、出暗变沧桑，生山形。

救星诞，来破暗；山预像，鲜明映。灭

消欺世霸、智高盟崇。救起人民脱苦海,更生自立空前盛。政和通、服务为人民,红旗兴。

(注)天岳毛公山:一座天然造成同毛主席头形一样的大山。人们敬仰称天岳毛公山。

混沌迭罗:即迭罗纪。地球形成的地质阶段之一。

## 卜算子·往事思

云朵做风筝,天纬当长线。托附飞洋到彼方,捎去扶窗怨。

不见那人回,忧虑乡音断。仰视空中问鸟儿,来解谁心乱。

## 古香慢·太行山

　　朗云爽散，欣目山延，南纵牵远。脉蟒峰鳞，卧伏首源不见。多少载休闲？老天累、嘘烟吐叹。尔童颜、逗绿逗褐，耍浓又戏时淡。

　　踏岳脊、山呼神显：瞧始无该，分冀横嵌。放闽东峡，垫抹海台湾串。两岸何非难？盼明日、思肠兑现。举天池，盛琼液、喜风成典。

　　（注）山呼神显：既然古书名篇《愚公移山》中所述大力神夸娥氏把太行山背到这里，我就不能指责他了吗？所以我要呼他。

## 满庭芳·参观猿人遗址有感

　　两项科学：自然、社会，护佐人类双足。亮萌知火，居洞穴天屋。苦世艰难迈步，多少梦、遥起遥无。人登月，坍塌迷信，愚昧示绝途。

　　今天，现代化，科学世界，万象新出。摆脱马牛暗，人类淋福。理想文明领向，谁心意，庙术重图。直言爽，回牵封建，能有几天浮？

　　（注）庙术：庙的用途和后果。

## 水龙吟·雪山客

雪山游客登车,畲田土语歌声热。闻奇兴致,手拍慕望,冰原格魄。峰玉云高,恶除余险,几多青抹?展寒生一世,能谁与比?人时舞,歌围火。

目闪红旗曾举。送读窗、边陲足落。今观客影,又思好友,马驰原阔。弹指年飞,剩程寥豁,闭生归火。细思来、甩掉时求去,舞学歌乐。

## 一萼红·孤雁

雁孤飞。翅高低乱斜，脱队尾遥随。脖甩鸣嘶，长空荡烈，昏晚穿月淋辉。远群雁，翔方影渺，剩下伴、没有意急追。那嘶寻谁？旷垠伸暗，冷瑟风吹。

禽鸟虫鱼兽畜……也知择偶异，世界无非。男女人间，更出婚结，透渗恋思痴恢。到哪找、欢来喜去？落终离、天地尽观悲。都晓情源生苦，却长情试心扉。

## 绛都春·雪

　　花飞戏追，任拽漫际去，当中夹悦。冷蕊赋情，新给人间无求谢。包容天地从头越，一晨落、近遥白尽。净源厚盖，丝尘不染，贯通仙界。

　　淋沐苍穹布美，唱莺唤燕舞，昊空明月。族百同华，民主当家开元耀。模糊恍、火柴孩谒，笑容蜜、无靴赤立。喊公主驾车来，怕足污雪。


　　（注）火柴孩：指童话《卖火柴的小女孩》中的小主人翁。

　　公主：指童话《白雪公主》中的小主人翁。

# 后记一

一、《三新诗词》得以出版，是与张波、陈秀燕、董丽丽、刘晓、李林、胡小洲诸位在不同的角度上，给予助力分不开的。为此，表示衷心的谢意。

还得到著名作家、影视剧作家、诗词楹联名家、书法家王庆新先生题写书名。我很有幸请到老朋友中华诗词学会理事吴化强老师写作序文，谨此一并致谢。

二、《三新诗词》虽然出版了，由于作者的水平有限，还可能存在着误处，请读者给予批评指教。

作者董如宏

于 2023 年 12 月 5 日

# 后记二

《余香诗词三百首》这本书,历时三年,终于要出版了。在此过程中,本人有幸谒见了著名国学大师文怀沙先生,并得到文先生题赐书名墨宝;有幸得到文化部原常务副部长高占祥先生为本书作序;有幸得到著名海外华人领袖、海外华人新文化运动主席、美国华裔共和党党部主席陈本昌老先生题字贺雅。

本人还得到读中学时的良师王知勉先生的教诲;得到李文中、朱建国、张洪忠、高崇民、马铁艳等朋友从不同角度的帮助;本人还得到弟、妹和家人的鼎力帮助。特别是如华弟担负了繁重的打印和校对工作,书中《庐山》《读辛亥革命史》还是他的诗作,在此一并记录。

本人向帮助出版《余香诗词三百首》的人们深躬深谢了。

由于本人对诗、词文学艺术形式理解水平有限,此书中会存在欠缺和不足,请读者朋友批评指正。

董如宏

2010 年 10 月

注:由于《三新诗词》与《余香诗词三百首》有一定关联,为此附上原书后记。

董如宏

并记于 2023 年 12 月 8 日

# 后记三

  《三新诗词》书稿交给了出版社不久，我对两首五言诗进行了修改。书稿经出版社三审后，吴编辑告之我：书稿里有两首七绝、三首词，存在题目不妥，内容不适，需要你自己修正。在注解上有两处不足有误，已给纠正。

  另外，词《古香慢·太行山》，有一个字平仄不对，尾字押韵不对，也需要我修改。

  我对吴编辑提出的意见，将作品认真地作了修改或更换。

  对吴编辑严谨的工作态度，深表敬佩和感谢。

董如宏
2024 年 3 月 19 日